當思念是種顏料

獻給冬冬
摯銘全

爸爸生了好嚴重的病，
於是我離開了大海，
回到他身邊。

大海和落日開始哭泣。

自己漸漸消失。

這一天得到了一盒蠟筆。
他說：失去文字那就畫下來吧。

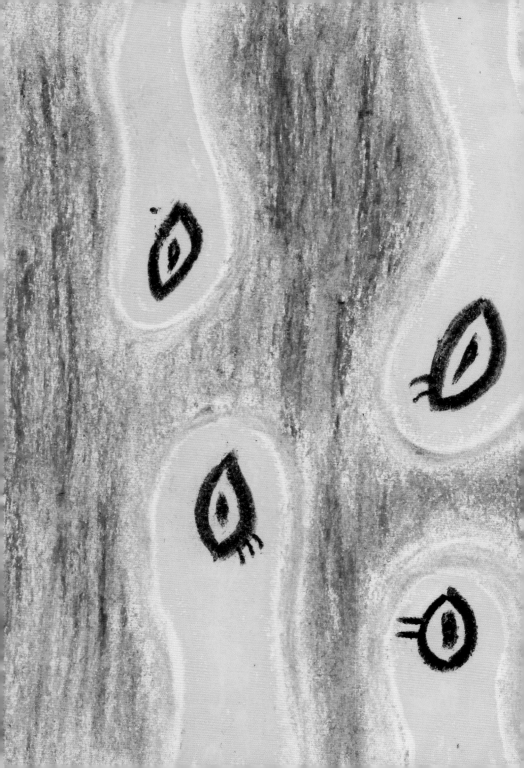

還是漸漸失去了方向，

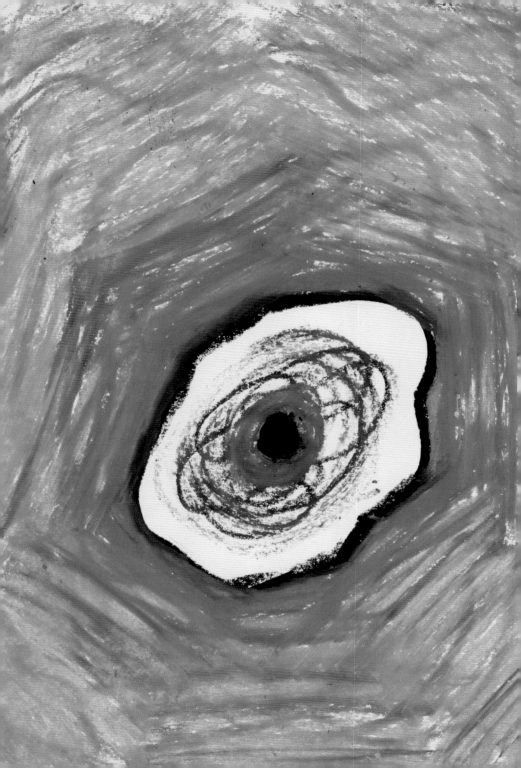

開始害怕那些失望的眼睛。

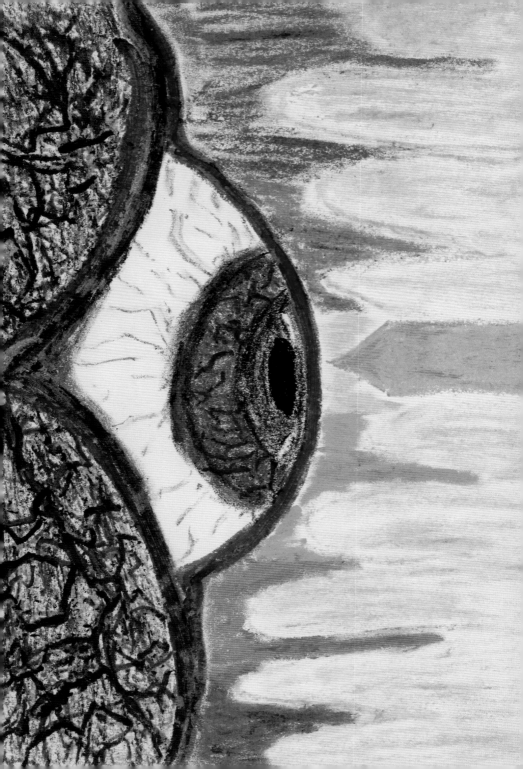

在幸福的背後，我感到刺痛。

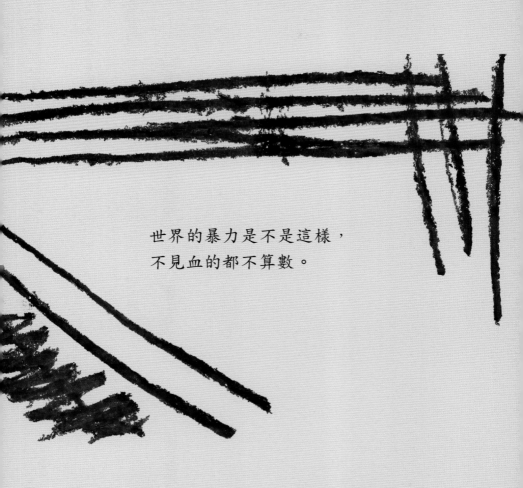

世界的暴力是不是這樣，
不見血的都不算數。

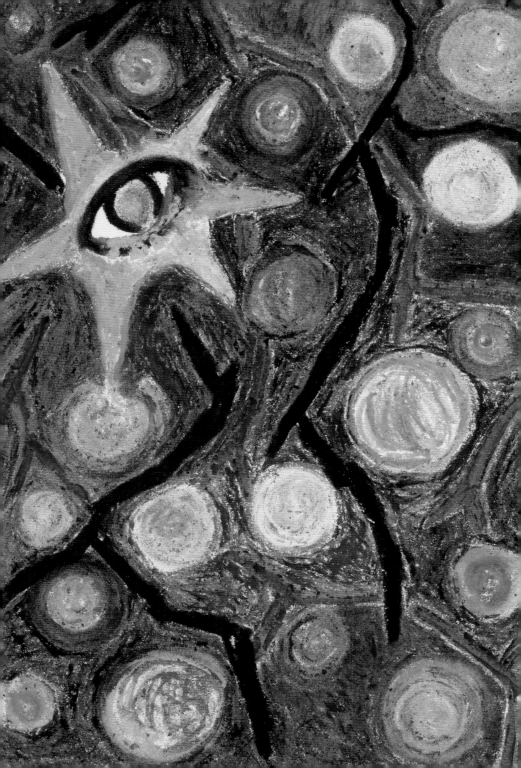

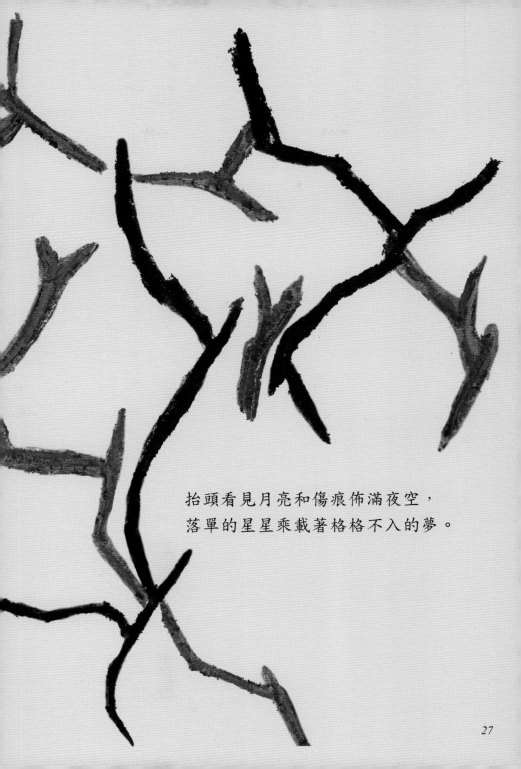

抬頭看見月亮和傷痕佈滿夜空，
落單的星星乘載著格格不入的夢。

每一天都帶著希望靜靜守候。

但恐懼如此蔓延。

這一天，眼睛睜著，卻睡著了。

迷失在沒有盡頭的紅綠燈裡。

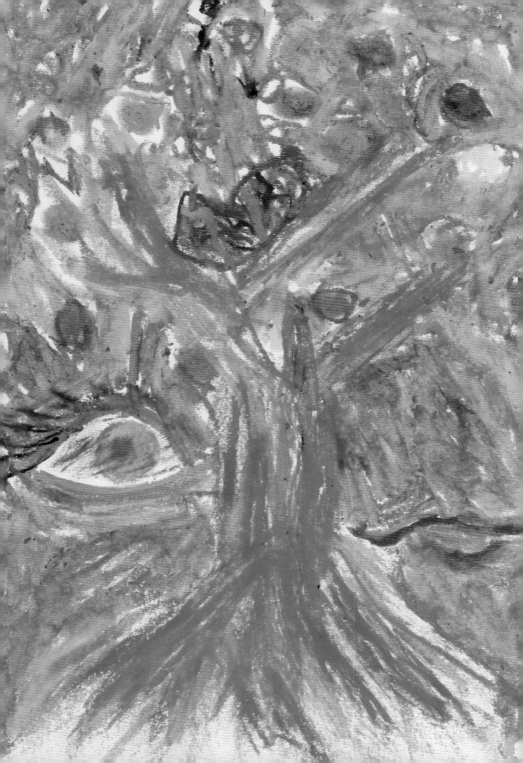

我看見自己。

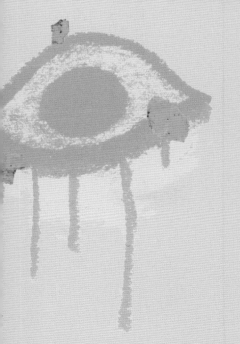

看見你走了。

看見時間不願意陪我承受悲傷。

醒來看到心急的你，
自己好像變成了小怪物。

能不能在悲傷之餘，
還能夢見星星。

仿佛那些教我活下來的，
都在教我死去。

決定讓爸爸離開的日子，
櫻花盛開著。
還沒開始道別，
卻已經太想念。

永夜逼近的時刻，
看著燈塔竟也會迷航。

迷航後，
失去了言語。

我握著爸爸的手，
感受到恐懼和痛苦，
卻不知道來自於誰。

在畫完的時候，
爸爸停止了呼吸。

綠色是爸爸最愛的顏色。

葬禮結束以後，
我再也不知道爸爸去了哪裡，
還聽不聽得見我的聲音。

靈魂無法復原。

但就算是失去靈魂，
我愛你。

爸爸離開以後，
我沒有了家，
真真正正成了一個流浪的人。

好幾個日子過去，
在過馬路的時候，
看見了我們。

行道樹總是很悲傷、
紅綠燈是一雙雙眼睛。

如果下雨了，
請不要告訴我。

而回憶在懂的人之間慢慢流逝。

後來，
我們在顏料裡團圓。

看見佛洛依德說：
我們心靈曾擁有的事物絕不會消失。

END

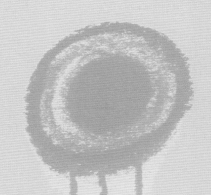

失去的感覺是難受的，
有點凌亂、有點沉重，
但它也是生命的一部份。

在這樣的時刻，
希望這本書能陪伴讀者，
像冬天中午的太陽，
那樣的溫度。

章魚魚

因為工作是潛水教練，
很久沒有離海而居，很
想念海洋、山林、自然、
生命。

景安寧

人生第一次夢遊，夢遊
的時候畫的第一張畫。

迷失

在建國南路與信義路口
沒有盡頭的紅綠燈裡。

痕 陸地

痕 海洋

想念魚群
在海裡常常陪伴我
的烏尾鮗群。

依然被愛著的小怪物

夢遊完昏睡了一整天，醒來
看到心急的男朋友，覺得自
己好像變成了自己都不認識
的樣子。

即便是失去靈魂

不管是自己、爸爸還是身邊
的人們都承受了好大的壓力
和悲傷，愛卻依然存在。

過馬路的時候

路燈下，爸爸的身影好像畫在地上，好多記憶都沒有了，卻好想記得。

全家福

家裡沒有一家四口的全家福，於是自己畫了一張。爸爸是大魚，媽媽是紅鶴，我和弟弟是一雙小魚。

解離

謝謝你愛我

在爸爸生病倒下的時
候，我無法用言語或文
字表達任何感受，於是
男朋友送了我一盒 49 色
的蠟筆，讓我抒發我的
情緒和壓力。

夕陽

回到我的海邊，過著小島生活。
有夕陽、大海、雨花（迴岸酒
吧的貓）、朋友們陪伴著。
會努力吧，知道我們和對方永
遠有著最真摯的想念。

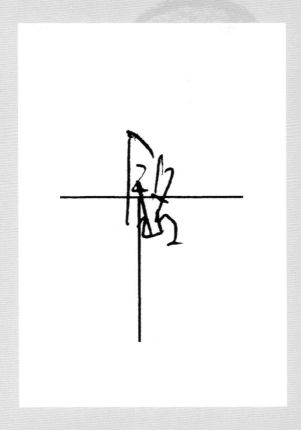

封底的銘

是爸爸最後親手簽的字，
經歷一次死亡，就刻骨銘心了。
好想念您。

國家圖書館出版品預行編目 (CIP) 資料

當思念是種顏料/賴佳慶繪.作. -- 第一版. --
新北市：商鼎數位出版有限公司, 2024.08
　面；　公分
ISBN 978-986-144-273-0(平裝)

863.599　　　　　　　　　　113007433

當思念是種顏料

繪者／作者　　賴佳慶

發 行 人　　王秋鴻
出 版 者　　商鼎數位出版有限公司
　　　　　　地址：235 新北市中和區中山路三段136巷10弄17號
　　　　　　電話：(02)2228-9070　傳真：(02)2228-9076
　　　　　　客服信箱：scbkservice@gmail.com

編 輯 經 理　　甯開遠
執 行 編 輯　　尤家瑋
獨立出版總監　　黃麗珍
美 術 設 計　　黃鈺珊

商鼎官網　　　來出書吧！

2024年8月8日出版　第一版／第一刷